哈福

哈福

中文拼音輔助　　1秒開口說法語

用中文學法語單字

親愛的，我把法語變容易了！

哈福編輯部◎編著

哈福

語言小把戲—
我也可以說一口溜法語

名主持人胡瓜和電視名製作人郭建宏曾結伴出國旅行，當他們在機場轉機時，找不到要搭的飛機，想問外國人，又開不了口，只好學小鳥鼓翅狀，比手劃腳半天，外國人才明白他們的意思，可知學外語的重要性，至少出國時方便多了。

學一點「有趣的」，對學法語有用的技巧，也就是玩一下語言的小把戲，讓說法國變得好輕鬆、好有趣。

如果您總是不循規蹈矩，專找新奇、冒險的玩意兒。那麼，推薦您一種私房的法語學習法，那就是用中文開口說法語。

學法語，很多人就會聯想到國際音標口腔發音和枯燥的發音練習，似乎那是一條漫長的路。也因此，對一般有心學好法語入門者，或是曾經學過法語有過挫敗經驗的人來說，怎麼走出第一步，或是再跨出第二步，都是相當頭痛的問題。

但是，「山不轉路轉，路不轉人轉」，在這裡，我們要很大聲的告訴你：不要怕，本書將讓你，第一次開口，就說得呱呱叫。

本書是為了符合沒有法語發音基礎的人，在沒有任何學習壓力下，馬上開口說法語，法國走透透。於是，利用國字當注音這一個小把戲，讓學法語變得好輕鬆、好自然。

本書特色

特色一

本書為方便入門者學習，在每一句法語的下面，都用中文來標出發音，學習過程特別有趣。萬一碰到不會念的法文，只要對照著念，你就可以和法國侃侃而談了。其中，中文注音是以最常見、筆畫最簡單的國字標示。透過聯想記憶，學習效果絕對倍增，

特色二

網羅觀光、生活全程必備法語單字，前往法國觀光、生活，出、入境與通關，以及當地購物、殺價或是遇上緊急狀況時的必備法語單字，字字實用，絕對派上用場。

Contents

第 2 篇　日常生活

Contents

第 7 篇　動植物及環境

第 8 篇　發生意外

第一篇

數字ㄕㄨˋㄗˋ與ㄩˇ時ㄕˊ間ㄐㄧㄢ

1 數字（一）

中文	法文 & 中文拼音

1

un / une
安／魚呢

2

deux
嘟子

3

trois
土阿

4

quatre
咖土

5

cinq
三克

中文	法文 & 中文拼音
6	six 席子
7	sept 三特
8	huit 魚特
9	neuf 奴夫
10	dix 低司
11	onze 翁子

中文	法文 & 中文拼音
12	douze 肚子
13	treize 土艾子
14	quatorze 咖刀喝子
15	quinze 敢子
16	seize 三子

coffee

這幾句最好用

- 你ㄋㄧˇ好ㄏㄠˇ！

  Bonjour.

  本如喝

- 晚ㄨㄢˇ安ㄢ！

  Bonsoir.

  本司瓦喝

- 再ㄗㄞˋ見ㄐㄧㄢˋ！

  Au revoir.

  歐 蛾呵瓦喝

中文	法文 & 中文拼音

17	**dix-sept** 低司 - 三特
20	**vingt** 萬
30	**trente** 土良特
40	**quarante** 咖航特
50	**cinquante** 三咖特

中文	法文 & 中文拼音
60	**soixante** 司阿薩特
70	**soixante-dix** 司阿薩特 - 低司
80	**quatre-vingt** 咖土 - 萬
90	**quatre-vingt-dix** 咖土 - 萬 - 低司
100	**cent** 薩
1,000	**mille** 蜜喝

中文	法文 & 中文拼音
3,000	trois mille 土阿 蜜喝
4,000	quatre mille 咖土 蜜喝
10,000	dix mille 低司 蜜喝
25,000	vingt-cinq mille 萬 - 萬 蜜喝
100,000	cent mille 薩 蜜喝

這幾句最好用

● 您好嗎？

> Comment allez-vous?

告芒 阿累 - 吳

● 我很好，謝謝！

> Je vais très bien,merci.

日 外 特累 不宴,麥喝席

● 祝你有美好的一天。

> Bonne journée.

本呢 如喝內

MP3-04

中文	法文 & 中文拼音
今天	aujourd'hui 歐如喝杜衣
昨天	hier 艾喝
明天	demain 得曼
後天	après-demain 良皮累 - 得曼
早上	ce matin 司 - 馬坦

中文	法文 & 中文拼音
中午ㄓㄨㄥㄨˇ	midi 蜜低
下午ㄒㄧㄚˋㄨˇ	après-midi 良皮累 - 蜜低
傍晚ㄅㄤˋㄨㄢˇ	soir 司阿喝
晚上ㄨㄢˇㄕㄤˋ	nuit 扭衣
星期日ㄒㄧㄥㄑㄧˊㄖˋ	dimanche 低馬司
星期一ㄒㄧㄥㄑㄧˊㄧ	lundi 蘭低

中文	法文 & 中文拼音
星ㄒㄧㄥ期ㄑㄧ二ㄦ	**mardi** 馬喝低
星ㄒㄧㄥ期ㄑㄧ三ㄙㄢ	**mercredi** 曼喝克娥低
星ㄒㄧㄥ期ㄑㄧ四ㄙ	**jeudi** 九低
星ㄒㄧㄥ期ㄑㄧ五ㄨˇ	**vendredi** 王的娥低
星ㄒㄧㄥ期ㄑㄧ六ㄌㄧㄡ	**samedi** 薩母低

這幾句最好用

我ㄨㄛˇ叫ㄐㄧㄠˋ保ㄅㄠˇ爾ㄦˇ。

> **Je m'appelle Paul.**
>
> 日 芒皮累 抱了

幸ㄒㄧㄥˋ會ㄏㄨㄟˋ。

> **Bonjour.**
>
> 本如喝

幸ㄒㄧㄥˋ會ㄏㄨㄟˋ， 我ㄨㄛˇ叫ㄐㄧㄠˋ保ㄅㄠˇ爾ㄦˇ。

> **Bonjour,je m'appelle Paul.**
>
> 本如喝，日 芒皮累 抱！了

中文	法文 & 中文拼音
週末	week-end 味敢 - 呢的
這個星期	cette semaine 三特 司曼呢
上星期	la semaine dernière 拉 司曼呢 的喝呢艾喝
下星期	la semaine prochaine 拉 司曼呢 皮樓三
這個月	ce mois-ci 司 母阿 - 席

中文	法文 & 中文拼音
上個月	le mois dernier 盧 母阿 的喝女愛
下個月	le mois prochain 盧 母阿 皮樓三
今年	cette année 三特 良內
時間	heure 安喝
～ 點（時間）	heure 安喝
分（時間）	minute 蜜女特

中文	法文 & 中文拼音
秒（時間）	seconde 司共的
一點	une heure 魚 安喝
五點	cinq heures 三克 安喝
十三點	treize heures 土艾子 安喝
15 分	un quart d'heure 昂 咖喝 都喝

這幾句最好用

您ㄋㄧㄣˊ貴ㄍㄨㄟˋ姓ㄒㄧㄥˋ？

> Comment vous appelez -vous?
>
> 告芒 吳 阿皮累 - 吳

我ㄨㄛˇ是ㄕˋ中ㄓㄨㄥ國ㄍㄨㄛˊ人ㄖㄣˊ。

> Je suis Chinois.
>
> 日 西 席呢瓦

你ㄋㄧˇ是ㄕˋ法ㄈㄚˇ國ㄍㄨㄛˊ人ㄖㄣˊ嗎ㄇㄚ？

> Êtes-vous français(e)?
>
> 艾特 - 吳 夫蘭三（子）

MP3-06

中文	法文 & 中文拼音

春ㄔㄨㄣ天ㄊㄧㄢ

> printemps
> 皮喝當

夏ㄒㄧㄚ天ㄊㄧㄢ

> été
> 愛代

秋ㄑㄧㄡ天ㄊㄧㄢ

> automne
> 歐刀呢

冬ㄉㄨㄥ天ㄊㄧㄢ

> hiver
> 衣萬喝

1 月ㄩㄝ

> janvier
> 江 喝宴

中文	法文 & 中文拼音
2 月_{ㄩㄝˋ}	**février** 非喝黑宴
3 月_{ㄩㄝˋ}	**mars** 馬喝司
4 月_{ㄩㄝˋ}	**avril** 阿福喝黑子
5 月_{ㄩㄝˋ}	**mai** 曼
6 月_{ㄩㄝˋ}	**juin** 子哇也
7 月_{ㄩㄝˋ}	**juillet** 子一也

8 月ㄩㄝˋ

août

屋特

9 月ㄩㄝˋ

septembre

三皮當普喝

10 月ㄩㄝˋ

octobre

歐克刀普喝

11 月ㄩㄝˋ

novembre

鬧王普喝

12 月ㄩㄝˋ

décembre

得薩普喝

這幾句最好用

是ㄕˋ。

Oui.

喂

不ㄅㄨˋ。

Non.

弄

沒ㄇㄟˊ錯ㄘㄨˋㄛ。

C'est vrai.

誰 呵累

第二篇

日常生活

MP3-07

中文	法文 & 中文拼音

聽ㄊㄧㄥ

écouter

愛固弟

說ㄕㄨㄛ

dire

低喝

看ㄎㄢˋ

regarder

娥嘎喝得

閱ㄩㄝˋ讀ㄉㄨˊ

Lire

力喝

寫ㄒㄧㄝˇ

écrire

愛克黑喝

中文	法文 & 中文拼音
睡覺（ㄕㄨㄟ ㄐㄩㄝ）	**dormir** 動喝蜜喝
休息（ㄒㄧㄡ ㄒㄧ）	**se reposer** 司 娥包瑞
起床（ㄑㄧ ㄔㄨㄤ）	**se lever** 司 盧維
想（ㄒㄧㄤ）	**penser** 巴司
有（ㄧㄡ）	**avoir** 阿福阿喝
笑（ㄒㄧㄠ）	**rire** 黑喝

中文	法文 & 中文拼音
了ㄌㄧㄠˇ解ㄐㄧㄝˇ	comprendre 空波航的喝
說ㄕㄨㄛ明ㄇㄧㄥˊ	expliquer 艾克司皮力克
知ㄓ道ㄉㄠˋ	savoir 薩福阿喝
打ㄉㄚˇ開ㄎㄞ	ouvrir 屋喝黑喝
做ㄗㄨㄛˋ	faire 吠喝

這幾句最好用

謝ㄒㄧㄝ 謝ㄒㄧㄝˋ。

Merci.

麥喝席

謝ㄒㄧㄝ 謝ㄒㄧㄝˋ 您ㄋㄧㄣˊ。

Je vous remercie.

日 吳 蛾麥喝司爺

不ㄅㄨˋ 客ㄎㄜˋ 氣ㄑㄧˋ。

Je vous en prie.

日 吳 阿皮黑爺

MP3-08

中文	法文 & 中文拼音

多
beaucoup
包固

少
peu
泊

重
lourd
魯喝

輕
léger
累瑞

胖
gros
哥樓

中文	法文 & 中文拼音

瘦（ㄕㄡˋ）

mince
曼司

硬（ㄧㄥˋ）

dur
句喝

軟（ㄖㄨㄢˇ）

mou
木

大（ㄉㄚˋ）

grand
哥航

小（ㄒㄧㄠˇ）

petit
波梯

好（ㄏㄠˇ）

bon / bien
包／不艾

中文	法文 & 中文拼音
不好 ㄅㄨˋㄏㄠˇ	**mauvais** 貓萬
容易 ㄖㄨㄥˊㄧˋ	**facile** 發席喝

這幾句最好用

- 抱ㄅㄠˋ歉ㄑㄧㄢˋ。

  Pardon.

  巴喝洞

- 對ㄉㄨㄟˋ不ㄅㄨˋ起ㄑㄧˇ。

  Excusez-moi.

  艾克司久才 - 母瓦

- 不ㄅㄨˋ，不ㄅㄨˋ用ㄩㄥˋ了ㄌㄜ。

  Non,merci.

  弄，麥喝席

生活常用形容詞（二）

MP3-09

中文	法文 & 中文拼音
非常	très 土艾
長	long 牢
有一點	un peu 阿泊
短	court 固喝
不錯	pas mal 巴 馬喝

中文	法文 & 中文拼音
很好	très bien 他喝 皮樣
遠	loin 魯晚
近	près 皮累
了不起	formidable 否喝蜜當不喝
厲害	très fort! 土艾 否喝
很棒	merveilleux 曼喝萬月

中文	法文 & 中文拼音
昂貴	cher 三喝
便宜	pas cher 巴 三喝
強	fort 否喝
弱	faible 吠不兒
忙碌	occupé 歐久杯

這幾句最好用

- 您會說法語嗎？

> Vous parlez français?
>
> 吳 巴喝累 夫蘭三

- 您會說英語嗎？

> Vous parlez l'anglais?
>
> 吳 巴喝累 拉哥來

- 是的，會一點。

> Oui,un peu.
>
> 喂，安＊泊

4 生活用品（一）

中文	法文 & 中文拼音
鑰匙	clé 克盧
毛毯	couverture 固萬喝句喝
肥皂	savon 薩旺
洗髮精	shampooing 薩皮晚
潤絲精	après-shampooing 良皮累 - 薩皮晚

中文	法文 & 中文拼音
浴帽	bonnet de douche 包乃 得 肚司
報紙	journal, aux 如那喝，歐
浴巾	serviette de bain 三魯艾特 得 邦
牙膏	dentifrice 當梯夫黑司
牙刷	brosse à dents 不樓司 阿 當
衛生紙	papier hygiénique 巴皮宴 衣子宴尼克

打ㄉㄚˇ火ㄏㄨㄛˇ機ㄐㄧ

briquet

不黑敢

雨ㄩˇ傘ㄙㄢˇ

parapluie

巴航皮流衣

刮ㄍㄨㄚ鬍ㄏㄨˊ刀ㄉㄠ

rasoir

航子阿喝

梳ㄕㄨ子ㄗˇ

peigne

拜涅

地ㄉㄧˋ毯ㄊㄢˇ

moquette

貓敢特

這幾句最好用

● 麻ㄇㄚˊ煩ㄈㄢˊ， 給ㄍㄟˇ我ㄨㄛˇ一ㄧ杯ㄅㄟ咖ㄎㄚ啡ㄈㄟ。

> **Un café, s'il vous plaît.**
>
> 問 咖非 席了 吳 皮來

● 給ㄍㄟˇ我ㄨㄛˇ這ㄓㄜˋ個ㄍㄜ。

> **Je voudrais ceci.**
>
> 日 吳的累 舒席

● 我ㄨㄛˇ要ㄧㄠˋ算ㄙㄨㄢˋ帳ㄓㄤˋ。

> **L'addition,s'il vous plaît.**
>
> 拉低司用，席了 吳 皮來

MP3-11

中文	法文 & 中文拼音
洗滌劑	lessive 累席喝
剪刀	ciseaux(m.pl) 席中
瓶子	bouteille 不坦易
鍋子	marmite 馬喝蜜特
刀子	couteau 固刀

中文	法文 & 中文拼音
叉ㄔㄚ子ㄗˇ	fourchette 父喝三特
湯ㄊㄤ匙ㄔˊ	cuiller 久衣艾喝
客ㄎㄜˋ廳ㄊㄧㄥ	salon 薩牢
廚ㄔㄨˊ房ㄈㄤ	cuisine 久衣茲呢
廁ㄘㄜˋ所ㄙㄨㄛˇ	cabinet de toilette 咖比乃 得 特阿來特
陽ㄧㄤ台ㄊㄞˊ	balcon 班兒空

中文	法文 & 中文拼音
寢_{ㄑㄧㄣ}室_ㄕ	chambre à coucher 薩不喝 阿 固司
浴_ㄩ室_ㄕ	salle de bain 薩喝 得 邦
窗_{ㄔㄨㄤ}戶_{ㄏㄨ}	fenêtre 非乃土
大_{ㄉㄚ}門_{ㄇㄣ}	porte 包喝特

這幾句最好用

很ㄏㄣ好ㄏㄠ！

Très bien!

特累 皮宴

好ㄏㄠ極ㄐ了ㄌㄜ！

Parfait!

巴喝吠喝

太ㄊㄞ好ㄏㄠ了ㄌㄜ！

Tant mieux!

答母月

MP3-12

中文	法文 & 中文拼音

鋼筆

stylo

司特易歐

書

livre

力喝喝

錄音帶

cassette

咖三特

手錶

montre

貓土

袋子

sac

薩克

中文	法文 & 中文拼音
照片	photo 否刀
鉛筆	crayon 克累用
沙發	fauteuil 否都易
書桌	bureau 比樓
椅子	chaise 三子
浴缸	baignoire 邦涅阿喝

中文	法文 & 中文拼音
桌子（ㄓㄨㄛ ㄗˇ）	table 當不喝
床（ㄔㄨㄤˊ）	lit 力
插座（ㄔㄚ ㄗㄨㄛˋ）	prise de courant 皮黑子 得 固航
水龍頭（ㄕㄨㄟˇ ㄌㄨㄥˊ ㄊㄡˊ）	robinet 後比乃
枕頭（ㄓㄣˇ ㄊㄡˊ）	oreiller 歐娥宴

這幾句最好用

- 真漂亮！

  C'est chic!

  誰 席克

- 美極了！

  C'est magnifique!

  誰 芒哇吠克

- 她真漂亮！

  Elle est élégante!

  艾了 淚 愛累咖

中文	法文 & 中文拼音
照ㄓㄠ相ㄒㄧㄤ機ㄐㄧ	appareil photo 良巴累易 否刀
掛ㄍㄨㄚ鐘ㄓㄨㄥ	pendule 巴肚喝
時ㄕ鐘ㄓㄨㄥ	horloge 歐喝牢子
冰ㄅㄧㄥ箱ㄒㄧㄤ	réfrigérateur 娥夫黑月航都喝
電ㄉㄧㄢ話ㄏㄨㄚ	téléphone 代否呢

中文	法文 & 中文拼音
冷氣機	**climatiseur** 克力馬梯熱喝
電視	**télévision** 代盧未子用
熨斗	**fer à repasser** 吠喝 良 娥巴司
音響	**platine** 皮拉梯呢
CD 隨身聽	**lecteur de disques portable** 來克都喝 得 低司克 包喝當不喝
電腦	**ordinateur** 歐喝低那都喝

中文	法文 & 中文拼音
手機	(téléphone protable （代盧否呢）皮好當不盧
數位相機	appareil de photo numérique 良巴累易 得 否刀 女妹黑克
錄影機	magnétoscope 馬列刀司高皮
電扇	ventilateur électrique 王梯拉都喝 愛來克土衣克

這幾句最好用

什麼？

Pardon?

巴喝洞

請再說一次。

Pourriez-vous répéter?

布喝爺 - 吳 蛾杯代

請再說慢一點。

Pourriez-vous répéter plus lentement?

布喝爺 - 吳 蛾杯代 皮綠 拉特芒

中文	法文 & 中文拼音

信ㄒㄧㄣˋ封ㄈㄥ

enveloppe

阿福牢皮

姓ㄒㄧㄥˋ

nom

鬧

郵ㄧㄡˊ票ㄆㄧㄠˋ

timbre

談！母伯

掛ㄍㄨㄚˋ號ㄏㄠˋ

recommandé

娥高馬得

印ㄧㄣˋ刷ㄕㄨㄚ品ㄆㄧㄣˇ

imprimé

艾皮黑妹

中文	法文 & 中文拼音
窗口	guichet 機三
寄發，發送	expédier 艾克司杯的宴
電報	télégramme 代盧哥航母
收據	récépissé 娥司必司
支付	payer 杯宴
明信片	carte postale 咖喝特 包司達喝

中文	法文 & 中文拼音
進_{ㄐㄧㄣ}入_{ㄖㄨ}	**entrer** 良土愛
忘_{ㄨㄤ}記_{ㄐㄧ}	**oublier** 屋不力宴
寄_{ㄐㄧ}件_{ㄐㄧㄢ}人_{ㄖㄣ}	**expéditeur, trice** 艾克司杯低都喝，土衣司
稱_{ㄔㄥ}… 重_{ㄓㄨㄥ}量_{ㄌㄧㄤ}	**peser** 杯瑞

這幾句最好用

● 那是什麼意思？

Qu'est-ce que ça veut dire?

給-書 戈 薩 古特 低喝

● 可以幫我寫那個單字嗎？

Pourriez-vous écrire ce mot?

布喝爺-吳 愛克黑喝 書 夢

● 這要怎麼發音呢？

Comment ça se prononce?

告芒薩 書 皮好弄舒

9　在ㄗㄞˋ銀ㄧㄣˊ行ㄒㄧㄥˊ

MP3-15

中文	法文 & 中文拼音
銀ㄧㄣˊ行ㄒㄧㄥˊ	**banque** 班克
帳ㄓㄤˋ戶ㄏㄨˋ	**compte** 空特
活ㄏㄨㄛˊ期ㄑㄧˊ存ㄘㄨㄣˊ款ㄎㄨㄢˇ	**dépôt** 得包
定ㄉㄧㄥˋ期ㄑㄧˊ存ㄘㄨㄣˊ款ㄎㄨㄢˇ	**dépôt à terme** 得包 良 坦喝母
存ㄘㄨㄣˊ放ㄈㄤˋ	**déposer** 得包瑞

中文	法文 & 中文拼音
錢 ㄑㄧㄢˊ	argent 阿喝江
比率 ㄅㄧˇㄌㄩˋ	taux 刀
利息 ㄌㄧˋㄒㄧˊ	intérêt 艾代累
支票 ㄓㄆㄧㄠˋ	chèque 三克
現款 ㄒㄧㄢˋㄎㄨㄢˇ	liquide 力給的
美元 ㄇㄟˇㄩㄢˊ	dollar américain 動拉喝 良妹黑敢

中文	法文 & 中文拼音
兌換	changer 薩瑞
存摺	livret de dépôt 力喝累 的 得包
保管， 保存	garder 嘎喝得
通知	prévenir 皮累喝尼喝
零錢	monnaie 貓乃

這幾句最好用

多ㄉㄨㄛ少ㄕㄠˇ錢ㄑㄧㄢˊ？

C'est combien?

誰 告不宴

這ㄓㄜˋ個ㄍㄜˋ法ㄈㄚˇ語ㄩˇ怎ㄗㄣˇ麼ㄇㄜ說ㄕㄨㄛ？

Comment dit-on cela en français?

告茫低 - 歐 舒拉阿夫蘭三

要ㄧㄠˋ什ㄕㄣˊ麼ㄇㄜ顏ㄧㄢˊ色ㄙㄜˋ呢ㄋㄜ？

Quelle couleur voulez-vous?

丐了 克屋了巫喝 吳累 - 吳

10 打ㄉㄚˇ電ㄉㄧㄢˋ話ㄏㄨㄚˋ

MP3-16

中文	法文 & 中文拼音

喂ㄨㄟˊ！

allô!
良牢

電ㄉㄧㄢˋ話ㄏㄨㄚˋ機ㄐㄧ

téléphone
代盧否呢

電ㄉㄧㄢˋ話ㄏㄨㄚˋ線ㄒㄧㄢˋ

téléphonique
代盧否尼克

忙ㄇㄤˊ線ㄒㄧㄢˋ

occupé
歐久杯

留ㄌㄧㄡˊ言ㄧㄢˊ

message
妹薩子

中文	法文 & 中文拼音
留下	laisser 累司
打電話給某人	appeler 阿皮盧
我聽見	j'entends 江阿當的
你知道	tu sais 句 三
尋找	chercher 三喝司
我想要	je voudrais 日 吾的累

中文	法文 & 中文拼音

請_{ㄑㄧㄥ}稍_{ㄕㄠ}等_{ㄉㄥ}	**Ne quittez pas!** 呢 給代 巴
轉_{ㄓㄨㄢ}告_{ㄍㄠ}	**dites-lui** 低司 流衣
沒_{ㄇㄟ}有_{ㄧㄡ}問_{ㄨㄣ}題_{ㄊㄧ}	**entendu** 阿當句
方_{ㄈㄤ}面_{ㄇㄧㄢ}	**côté** 高代
自_ㄗ己_{ㄐㄧ}	**soi-même** 司阿 - 曼母

這幾句最好用

要走哪一條路呢？

Quelle rue doit-on prendre?

丂了 魯 的瓦 - 歐皮蘭的喝

最近的地鐵車站在哪裡？

Où est la station de métro la plus proche?

屋 淚 拉 司答司用得 累妹特好 拉 皮綠 皮好司

這是什麼起司？

Quel est le nom de ce fromage?

丂了 淚 魯 弄 得 書 夫好芒子

MP3-17

中文	法文 & 中文拼音

畢卡索

Pablo Picasso
保羅 畢卡索

梵谷

Vincent Van Gogh
凡王 梵谷

沙特

Jean Paul Sarte
江 保爾 沙特

高行健

Gau Xingjian
高行健

紀德

André Gide
昂的娥 紀德

中文	法文 & 中文拼音
賽尚	**Paul Cézanne** 保爾 賽尚
卡繆	**Albert Camus** 亞伯喝 咖謬
普魯斯特	**Marcel Proust** 馬卻 普魯斯特
波特萊爾	**Charles Baudelaire** 薩喝兒 波特萊爾
莫里哀	**Molière** 莫里哀
西蒙波娃	**Simone de Beauvoir** 西蒙波 得 波波娃

中文	法文 & 中文拼音
韓波	**Arthur Rimbaud** 阿喝肚 汗布
西蒙娜	**Georges Siménon** 中喝子 西蒙農
迪皮伊	**Dupuis** 迪布伊
加斯東	**Léonard de Vinci** 累歐娜 都 瓦西喝
柯萊特	**Colette** 柯萊特

這幾句最好用

廁所在哪裡？

Où sont les toilettes?

屋 少 累 特瓦來特

什麼時候出發？

Quand partez-vous?

咖巴喝弟喝 - 吳

〔電話〕喂，您哪位？

Qui est à l'appareil?

給 淚 阿 拉巴累易

第三篇

人物<ruby>ロ</ruby><ruby>ブ</ruby>

MP3-18

中文	法文 & 中文拼音

我 |

je
日

你 |

tu / vous
句／吾

他 |

il
易喝

她 |

elle
艾喝

父親 |

père
拜喝

中文	法文 & 中文拼音
母親	mère 曼喝
兒子	fils 吠司
女兒	fille 吠易
兄弟	frère 夫累喝
姊妹	soeur 司喝
哥哥	frère aîné 夫累喝 愛內

中文	法文 & 中文拼音
弟ㄉㄧˋ弟ㄉㄧ˙	**frère cadet** 夫累喝 咖的
姊ㄐㄧㄝˇ姊ㄐㄧㄝˇ	**soeur aînée** 司喝 愛內
妹ㄇㄟˋ妹ㄇㄟ˙	**soeur cadette** 司喝 咖的特
祖ㄗㄨˇ父ㄈㄨˋ	**grand-père** 哥航 - 拜喝
祖ㄗㄨˇ母ㄇㄨˇ	**grand-mère** 哥航 - 曼喝

這幾句最好用

- 可以ㄎㄜˇ ㄧˇ。

  Oui.

  喂

- 行ㄒㄧㄥˊ。

  ça va.

  薩 瓦

- 好ㄏㄠˇ的ㄉㄜ。

  Bon.

  本

MP3-19

中文	法文 & 中文拼音

男朋友

petit ami

波梯 阿蜜

女朋友

petite ami

波梯 阿蜜

丈夫

mari

馬黑

妻子

femme

發母

夫妻

couple

固皮喝

中文	法文 & 中文拼音
家ㄐㄧㄚ族ㄗㄨˊ	**famille** 發蜜易
成ㄔㄥˊ人ㄖㄣˊ	**adulte** 阿句樂
孩ㄏㄞˊ子ㄗˇ	**enfant** 阿奉
外ㄨㄞˋ國ㄍㄨㄛˊ人ㄖㄣˊ	**étranger** 愛土良瑞
女ㄋㄩˇ性ㄒㄧㄥˋ	**femme** 發母
男ㄋㄢˊ性ㄒㄧㄥˋ	**homme** 歐母

朋友

ami
阿蜜

客人

client
克力羊

親戚

parent
巴航

年齡

âge
阿子

姓名

nom et prénom
弄 愛 皮娥鬧

這幾句最好用

不ㄅㄨˋ行ㄒㄧㄥˊ。

ça ne va pas.

薩 呢 瓦 巴

不ㄅㄨˋ可ㄎㄜˇ以ㄧˇ。

Non,pas d'accord.

鬧,巴 大告喝

不ㄅㄨˋ可ㄎㄜˇ能ㄋㄥˊ。

Ce n'est pas possible.

書 乃司特 巴 抱席不了

中文	法文 & 中文拼音
頭	tête 坦特
臉	visage 未江子
眼睛	oeil 惡易
鼻子	nez 內
嘴唇	lèvres 來喝喝

中文	法文 & 中文拼音
耳朵（ㄦˇ ㄉㄨㄛˇ）	oreille 歐累易
牙齒（ㄧㄚˊ ㄔˇ）	dents 當
嘴巴（ㄗㄨㄟˇ ㄅㄚ）	bouche 不司
脖子（ㄅㄛˊ ㄗˇ）	cou 固
腳（ㄐㄧㄠˇ）	pied 皮宴
乳房（ㄖㄨˇ ㄈㄤˊ）	sein 三

腹ㄈㄨˋ部ㄅㄨˋ

ventre

王土

肩ㄐㄧㄢ膀ㄅㄤˇ

épaule

愛包喝

腰ㄧㄠ部ㄅㄨˋ

rein

喝汗

手ㄕㄡˇ

main

曼

手ㄕㄡˇ指ㄓˇ

doigt

讀阿

這幾句最好用

- 這是我的名片。

Voici ma carte de visite.

呵瓦席 芒 咖喝特 得 未茲特

- 這是我的家。

Voilà ma maison.

呵瓦拉 芒 麥中

- 我住在首都。

J'habite dans la capitale.

押比代 大拉 咖必答了

中文	法文 & 中文拼音

職業	**Profession** 波樓吠司用
公司職員	**employé** 阿波子阿宴
自營業者	**commerçant** 高曼喝薩
主婦	**maîtresse de maison** 曼土艾司 得 曼中
教師	**professeur** 波樓吠司巫喝

中文	法文 & 中文拼音
學_{ㄒㄩㄝ}生_{ㄕㄥ}	étudiant 愛句的羊
警_{ㄐㄧㄥ}察_{ㄔㄚ}	police 包力司
醫_ㄧ生_{ㄕㄥ}	médecin 曼的三
男_{ㄋㄢ}服_{ㄈㄨ}務_ㄨ生_{ㄕㄥ}	serveuse 三喝巫喝
女_{ㄋㄩ}服_{ㄈㄨ}務_ㄨ生_{ㄕㄥ}	serveuse 三喝否子
工_{ㄍㄨㄥ}程_{ㄔㄥ}師_ㄕ	ingénieur 艾瑞女巫喝

中文	法文 & 中文拼音
銀行員	**employé de banque** 阿皮子阿宴 得 班克
農夫	**agriculteur** 阿哥黑久子都喝
店長	**gérant** 瑞航
教授	**professeur** 波樓吠色喝
無職	**sans profession** 薩 波樓吠色喝

這幾句最好用

● 他ㄊㄚ是ㄕ誰ㄕㄟ？

Qui est-ce?

給 淚 - 書

● 她ㄊㄚ是ㄕ誰ㄕㄟ？

Qui est-elle?

給 淚 - 艾了

● 他ㄊㄚ們ㄇㄣ是ㄕ我ㄨㄛ的ㄉㄜ朋ㄆㄥ友ㄧㄡ。

Ce sont mes amis.

書 送特 妹 阿蜜

中文	法文 & 中文拼音

高興

Je suis content(e)
日 司衣 空當

悲傷

être triste
艾土 土衣司特

生氣

être fâchéce(e)
艾土 發賽

可怕

avoir peur
阿福阿喝 仆喝

驚訝

être étonné(e)
艾土 愛刀內

中文	法文 & 中文拼音
極美、極優秀	superbe 序拜喝不
惡劣	grave 哥航喝
喜歡	aimer 愛妹
討厭	détester 得坦司代
疲倦	être fatigué(e) 艾土 發梯給
肚子餓	J'ai faim 瑞 吠

中文	法文＆中文拼音
口渴	J'ai soif 瑞 司阿夫
傷腦筋	être embarassé 艾土 責巴喝塞
想要	je veux（名詞） 瑞 夫
（天氣）溫暖	chaud 受
寒冷	froid 夫喝阿

這幾句最好用

這位是我的朋友。

> **Voici mon ami.**
>
> 呵瓦席 夢阿蜜

這位是我的同事。

> **C'est mon collègue.**
>
> 誰 夢告來哥

這位是我太太。

> **C'est ma femme.**
>
> 誰 芒 發母

6 國家名

中文	法文 & 中文拼音
中國	**Chine** 席呢
美國	**Etats-Unis** 愛當 - 由衣司
日本	**Japon** 江包恩
韓國	**Corée** 高娥
義大利	**Italie** 衣當力

中文	法文 & 中文拼音
法國ㄈㄚˇㄍㄨㄛˊ	France 夫航司
西班牙ㄒㄧㄅㄢㄧㄚˊ	Espagne 艾司巴涅
墨西哥ㄇㄛˋㄒㄧㄍㄜ	Mexique 曼克席克
德國ㄉㄜˊㄍㄨㄛˊ	Allemagne 阿兒馬涅
英格蘭ㄧㄥㄍㄜˊㄌㄢˊ	Angleterre 良哥盧坦喝
葡萄牙ㄆㄨˊㄊㄠˊㄧㄚˊ	Portugal 包喝句嘎子

中文	法文 & 中文拼音
巴ㄅㄚˊ西ㄒㄧ	Brésil 不娥子易
南ㄋㄢˊ非ㄈㄟ	Afrique du Sud 良夫黑克 得 序的
蘇ㄙㄨ聯ㄌㄧㄢˊ	Russie 魯席
土ㄊㄨˇ耳ㄦˇ其ㄑㄧ	Turquie 句喝給
波ㄅㄛ蘭ㄌㄢˊ	Pologne 包牢涅

這幾句最好用

● 我ㄨㄛˇ不ㄅㄨˋ知ㄓ道ㄉㄠˋ。

> Je ne sais pas.
>
> 日 呢 賽 巴

● 我ㄨㄛˇ知ㄓ道ㄉㄠˋ了ㄌㄜ。

> J' ai compris.
>
> 押衣 告皮黑

● 你ㄋㄧˇ沒ㄇㄟˊ關ㄍㄨㄢ係ㄒㄧˋ嗎ㄇㄚ？

> Vous allez bien?
>
> 吳 阿累 不宴

第四篇

飲食

1

進餐（一）

MP3-24

中文	法文 & 中文拼音
早餐	petit-déjeuner 波梯 - 得子巫內
中餐	déjeuner 得子巫內
點心	repas léger 喝巴 - 盧月
晚餐	dîner 低內
肚子餓	avoir faim 良喝阿喝 - 吠

中文	法文 & 中文拼音
咖啡館	cafeteria 克非代喝呀
麵包	pain 胖
火腿	jambon 江碰
荷包蛋	œuf sur le plat 巫夫 序喝 盧 波拉
半熟煮蛋	œuf à la coque 巫夫 阿 拉 高克
培根	lardon 拉喝動

中文	法文 & 中文拼音
培根蛋	**sur le plat avec lardon** 序喝 盧 波拉 良萬克 拉喝動
麵條	**des nouilles** 的 呢屋易
蛋	**œuf** 惡夫
熱狗	**hot-dog** 歐特 - 豆哥

這幾句最好用

● 今天天氣如何？

Quel temps fait-il aujourd'hui?

丐了 動吷 - 易 歐如喝的哇

● 今天天氣很好。

Il fait très beau aujourd'hui.

易 吷 特累 本 歐如喝的哇

● 現在很冷。

Il fait assez froid maintenant.

易 吷 阿舒 夫喝瓦 麥特那

MP3-25

中文	法文 & 中文拼音

雞ㄐㄧ肉ㄖㄡˋ

poulet
波屋來

豬ㄓㄨ肉ㄖㄡˋ

porc
包喝

牛ㄋㄧㄡˊ肉ㄖㄡˋ

bœuf
不巫夫

魚ㄩˊ

poisson
皮阿受

螃ㄆㄤˊ蟹ㄒㄧㄝˋ

crabe
克航不

中文	法文 & 中文拼音
牡蠣	**huître** 哇衣土
蝦	**homard** 歐馬喝
鮭魚	**saumon** 受貓
鰻魚	**anguille** 阿哥衣易
沙丁魚	**sardine** 薩喝低呢
鯛魚	**daurade** 動喝的

中文	法文 & 中文拼音
干貝	coquille Saint-Jacques 高給易 三 - 江克
海膽	oursin 屋喝三
鱸魚	bar 巴喝
青蛙	grenouille 哥娥呢屋易
小蝦	crevette 克娥萬特

這幾句最好用

皮_{ㄆㄧ}隆_{ㄌㄨㄥ}先_{ㄒㄧㄢ}生_{ㄕㄥ}在_{ㄗㄞ}嗎_{ㄇㄚ}？ （打_{ㄉㄚ}電_{ㄉㄧㄢ}話_{ㄏㄨㄚ}）

Est-ce que je peux parler à M.Pilon.?

淚-書 戈 日 泊 巴 喝 累 阿 妹司月 必龍

在_{ㄗㄞ}，請_{ㄑㄧㄥ}稍_{ㄕㄠ}等_{ㄉㄥ}。 （打_{ㄉㄚ}電_{ㄉㄧㄢ}話_{ㄏㄨㄚ}）

Oui,un instant s'il vous plaît.

喂，安 艾司答 席了 吳 波來

喂_{ㄨㄟ}，是_ㄕ皮_{ㄆㄧ}隆_{ㄌㄨㄥ}先_{ㄒㄧㄢ}生_{ㄕㄥ}嗎_{ㄇㄚ}？ （打_{ㄉㄚ}電_{ㄉㄧㄢ}話_{ㄏㄨㄚ}）

Allô,C'est M.Pilon?

阿漏 誰 妹司月 必龍

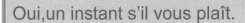

MP3-26

中文	法文 & 中文拼音
啤_{ㄆㄧˊ}酒_{ㄐㄧㄡˇ}	bière 皮艾喝
生_{ㄕㄥ}啤_{ㄆㄧˊ}酒_{ㄐㄧㄡˇ}	demi 得蜜
白_{ㄅㄞˊ}葡_{ㄆㄨˊ}萄_{ㄊㄠˊ}酒_{ㄐㄧㄡˇ}	vin blanc 萬 - 不拉龍
紅_{ㄏㄨㄥˊ}葡_{ㄆㄨˊ}萄_{ㄊㄠˊ}酒_{ㄐㄧㄡˇ}	vin rouge 萬 - 後司
威_{ㄨㄟ}士_{ㄕˋ}忌_{ㄐㄧˋ}	whisky 味司給

中文	法文 & 中文拼音
雞尾酒	cocktail 高克坦
酒	alcool 良子高子
飯前酒	apéritif 阿杯黑梯夫
礦泉水	eau minérale 歐 蜜內航喝
茶	thé 代
咖啡	café 咖非

中文	法文 & 中文拼音
水ㄕㄨㄟˇ	eau 歐
橘ㄐㄩˊ子ㄗˇ汁ㄓ	jus d'orange 銳 動航瑞
蕃ㄈㄢ茄ㄑㄧㄝˊ汁ㄓ	jus de tomate 銳 得 刀馬特
可ㄎㄜˇ可ㄎㄜˇ亞ㄧㄚˇ	chocolat 受高拉
牛ㄋㄧㄡˊ奶ㄋㄞˇ	lait 累

這幾句最好用

我ㄨㄛˇ要ㄧㄠˋ到ㄉㄠˋ里ㄌㄧˇ昂ㄤˊ。

Je veux aller à Lyon.

日 古 阿累 阿 里用

我ㄨㄛˇ要ㄧㄠˋ啤ㄆㄧˊ酒ㄐㄧㄡˇ。

Je veux de la bière.

日 古 得 拉 逼宴喝

可ㄎㄜˇ以ㄧˇ給ㄍㄟˇ我ㄨㄛˇ這ㄓㄜˋ個ㄍㄜˋ嗎ㄇㄚ？

Pouvez-vous me donner ceci?

布呵瓦 - 吳 母 動內 舒席

中文	法文 & 中文拼音
水ㄕㄨㄟˇ果ㄍㄨㄛˇ	fruits 夫流衣
葡ㄆㄨˊ萄ㄊㄠˊ	raisin 累這
李ㄌㄧˇ子ㄗˇ	prune 波喝由
梨ㄌㄧˊ子ㄗˇ	poire 波阿喝
杏ㄒㄧㄥˋ子ㄗˇ	abricot 阿不黑高

中文	法文 & 中文拼音
櫻桃	cerise 司黑子
草莓	fraise 夫黑子
檸檬	citron 席土歐
蘋果	pomme 包母
無花果	figue 吠哥
哈密瓜	melon 妹牢

中文	法文 & 中文拼音
柳丁 ㄌㄧㄡˇㄉㄧㄥ	orange 歐航子
栗子 ㄌㄧˋㄗˇ	marron 馬紅
桃子 ㄊㄠˊㄗˇ	pêche 拜司
小黃瓜 ㄒㄧㄠˇㄏㄨㄤˊㄍㄨㄚ	concombre 高高不喝

這幾句最好用

我ㄨㄛˇ想ㄒㄧㄤˇ試ㄕˋ試ㄕˋ這ㄓㄜˋ件ㄐㄧㄢˋ毛ㄇㄠˊ衣ㄧ。

J'aimer ais essayer ce pull-over.

爺妹 艾子 愛舒爺 書 布漏 - 為喝

您ㄋㄧㄣˊ穿ㄔㄨㄢ幾ㄐㄧˇ號ㄏㄠˋ鞋ㄒㄧㄝˊ？

Quelle est votre pointure?

丐了 淚 翁土 波曼句喝

一ㄧˋ共ㄍㄨㄥˋ多ㄉㄨㄛ少ㄕㄠˇ錢ㄑㄧㄢˊ？

Combien ça fait en tout?

告不宴 薩 吠 阿杜

中文	法文 & 中文拼音
磨姑	champignon 薩必涅歐
茄子	aubergine 歐邦喝茲呢
高麗菜	chou 書
芹菜	céleri 三了黑
玉蜀黍	maïs 馬衣司

中文	法文 & 中文拼音
青椒（ㄑㄧㄥ ㄐㄧㄠ）	**poivron** 波阿喝樓
馬鈴薯（ㄇㄚˇ ㄌㄧㄥˊ ㄕㄨ）	**pomme de terre** 包母 得 坦喝
洋蔥（ㄧㄤˊ ㄘㄨㄥ）	**oignon** 歐涅歐
茴芹（ㄏㄨㄟˊ ㄑㄧㄣˊ）	**anis** 阿尼司
菠菜（ㄅㄛ ㄘㄞˋ）	**épinard** 愛必那喝
蘆筍（ㄌㄨˊ ㄙㄨㄣˇ）	**asperge** 阿司拜喝子

中文	法文 & 中文拼音
紅蘿蔔	carotte 咖樓特
小蘿蔔	radis 航低
荷蘭芹	persil frisé 拜喝席 夫黑瑞
金瓜	potiron 包梯紅
蕃茄	tomate 刀馬特

這幾句最好用

- 這是什麼？

  Qu'est-ce que C'est?

  給-書 戈 誰

- 那是什麼？

  Qu'est-ce que C'est que cela?

  給-書 戈 誰 戈 舒拉

- 誰的襯衫？

  A qui est cette chemise?

  阿 給 耶 賽特 書蜜子

中文	法文 & 中文拼音

點ㄉㄧㄢˇ心ㄒㄧㄣ

desserts
得三喝

起ㄑㄧˇ司ㄙ

fromage
夫樓馬子

蛋ㄉㄢˋ糕ㄍㄠ

gâteau
嘎刀

慕ㄇㄨˋ思ㄙ

mousse
木司

布ㄅㄨˋ丁ㄉㄧㄥ

flan
夫拉

中文	法文 & 中文拼音
果凍（ㄍㄨㄛˇㄉㄨㄥˋ）	gelée 日盧
冰淇淋（ㄅㄧㄥ ㄑㄧˊ ㄌㄧㄣˊ）	glace 哥拉司
巧克力（ㄑㄧㄠˇㄎㄜˋㄌㄧˋ）	chocolat 受高拉
鹽（ㄧㄢˊ）	sel 三子
醬油（ㄐㄧㄤˋㄧㄡˊ）	sauce de soja 受司 得 受甲
砂糖（ㄕㄚ ㄊㄤˊ）	sucre 受哥喝

油 ㄧㄡˊ

huile
哇易

胡椒

poivre
波阿喝喝

醋

vinaigre
未乃哥喝

生薑

gingembre
這江不喝

蒜頭

ail
阿易

這幾句最好用

● 怎麼了？

Qu'est-ce qu'il y a?

給-書固易衣阿

● 什麼意思？

Qu'y·a-t-il donc?

給阿-代-易洞克

● 那又怎麼了？

Et après?

愛阿波累

第五篇

衣-服ㄈㄨㄣˊ、 飾ˋ品ㄆㄧㄣˇ

MP3-30

中文	法文 & 中文拼音

衣-服ㄈㄨˊ

vêtement

萬特馬

裙ㄑㄩㄣˊ子ㄗˇ

jupe

銳皮

褲ㄎㄨˋ子ㄗˇ

pantalon

巴當牢

女ㄋㄩˇ用ㄩㄥˋ襯ㄔㄣˋ衫ㄕㄢ（工ㄍㄨㄥ作ㄗㄨㄛˋ服ㄈㄨˊ）

blouse

不魯子

外ㄨㄞˋ套ㄊㄠˋ

veste

萬司特

大衣 ㄉㄚˋㄧ

manteau

馬刀

泳裝 ㄩㄥˇㄓㄨㄤ

maillot de bain

馬用 得 邦

內衣 ㄋㄟˋㄧ

lingerie

來子黑

套裝 ㄊㄠˋㄓㄨㄤ

suite

司衣特

西裝 ㄒㄧㄓㄨㄤ

complet-veston

高皮來 - 萬司刀

襯衫 ㄔㄣˋㄕㄢ

chemise

司蜜子

中文	法文 & 中文拼音

毛ㄇㄠˊ衣ㄧ

chandail
薩當易

緊ㄐㄧㄣˇ的ㄉㄜ˙

serré(e)
三娥

寬ㄎㄨㄢ鬆ㄙㄨㄥ的ㄉㄜ˙

large
拉喝子

尺ㄔˇ寸ㄘㄨㄣˋ

taille
當易

這幾句最好用

● 公車站牌在哪裡？

Où est l'arrêt d'autobus?

屋 淚 拉累 動刀比司

● 〔衣服送洗等〕什麼時候好呢？

Quand sera-t-il prêt?

咖舒蘭 - 代 - 易 皮累

● 〔洗照片等〕什麼時候好呢？

Quand pourrai-je le reprendre?

咖 布呵瓦 - 日累 蛾波蘭的喝

2

飾ㄕˋ品ㄆㄧㄣˇ

MP3-31

中文	法文 & 中文拼音
裝ㄓㄨㄤ飾ㄕˋ品ㄆㄧㄣˇ	parure 巴魯喝
寶ㄅㄠˇ石ㄕˊ	bijou 比如
毛ㄇㄠˊ皮ㄆㄧˊ	fourrure 父魯喝
皮ㄆㄧˊ包ㄅㄠ	sac 薩克
鞋ㄒㄧㄝˊ子ㄗˇ	chaussure(s) 受序喝

皮帶（ㄆㄧˊ ㄉㄞˋ）

ceinture
三句喝

絲襪（ㄙ ㄨㄚˋ）

bas
班

襪子（ㄨㄚˋ ㄗˇ）

chaussette(s)
受三特

眼鏡（ㄧㄢˇ ㄐㄧㄥˋ）

lunettes(f.pl)
子由艾特

帽子（ㄇㄠˋ ㄗˇ）

chapeau
薩包

手套（ㄕㄡˇ ㄊㄠˋ）

gants
嘎

領ㄌㄧㄥˇ帶ㄉㄞˋ

cravate
克航瓦特

項ㄒㄧㄤˋ鍊ㄌㄧㄢˋ

collier
高里宴

絲ㄙ巾ㄐㄧㄣ

écharpe
愛薩喝波

戒ㄐㄧㄝˋ指ㄓˇ

bague
班哥

香ㄒㄧㄤ水ㄕㄨㄟˇ

parfum
巴喝芳

這幾句最好用

● 現在幾點鐘？

> Quelle heure est-il?
>
> 丐累 巫喝 淚 - 易

● 四點鐘。

> Il est quatre heures.
>
> 易 淚 咖特 枯喝

● 三點十分。

> Il est trois heures dix.
>
> 易 淚 土瓦 巫喝 低司

MP3-32

中文	法文 & 中文拼音
羊毛	laine 來呢
棉	coton 高刀
絹	soie 司阿
麻	lin 來
皮革	cuir 久衣喝

中文	法文 & 中文拼音
尼龍	nylon 呢易龍
昂貴	cher(chère) 三喝
便宜	pas cher(chère) 巴 三喝
白色	blanc 不龍
黑色	noir 呢阿喝
紅色	rouge 魯子

中文	法文 & 中文拼音
藍色	bleu 不魯
粉紅色	rose 後子
橘色	orange 歐航子
茶色	brun 不航
藏青色	bleu marine 不魯 馬黑呢

這幾句最好用

今天幾號？

Quelle est la date d' aujourd'hui?

丂了 淚 拉 大特 動如喝的哇

今天星期幾？

Et quel jour sommes-nous?

愛 丂了 如喝少母 - 奴

今天是星期一。

Aujourd'hui,nous sommes lundi.

歐如喝的哇 奴 少母 了低

中文	法文 & 中文拼音

水ㄕㄨㄟˇ果ㄍㄨㄛˇ店ㄉㄧㄢˋ

magasin de fruits
馬嘎這 得 夫流衣

唱ㄔㄤˋ片ㄆㄧㄢˋ行ㄒㄧㄥˊ

disquaire
低司敢喝

書ㄕㄨ店ㄉㄧㄢˋ

librairie
力不娥黑

菜ㄘㄞˋ販ㄈㄢˋ

marchand de légumes
馬喝薩 得 盧固母

花ㄏㄨㄚ店ㄉㄧㄢˋ

fleuriste
夫樂黑司特

理髮店

> salon de coiffure
>
> 薩牢 得 克阿夫魚喝

洗衣店

> laverie
>
> 拉喝黑

免稅店

> magasin hors-taxe
>
> 馬嘎這 歐喝 當克瑞

麵包店

> boulangerie
>
> 不拉子黑

電器行

> magasin
> d'électroménager
>
> 馬嘎這 得 愛來克土歐妹那月

眼鏡行

> opticien
>
> 歐皮梯司艾

玩ㄨㄢˊ具ㄐㄩˋ店ㄉㄧㄢˋ

magasin de jouets
馬嘎這 得 子晚

文ㄨㄣˊ具ㄐㄩˋ店ㄉㄧㄢˋ

papeterie
巴杯土衣

服ㄈㄨˊ裝ㄓㄨㄤ店ㄉㄧㄢˋ

couturier
固句喝宴

美ㄇㄟˇ容ㄖㄨㄥˊ院ㄩㄢˋ

salon de beauté
薩牢 得 包代

這幾句最好用

今_{ㄐㄧㄣ}天_{ㄊㄧㄢ}晚_{ㄨㄢ}上_{ㄕㄤ}您_{ㄋㄧㄣ}有_{ㄧㄡ}空_{ㄎㄨㄥ}嗎_{ㄇㄚ}？

> **Vous êtes libre ce soir?**
>
> 吳 艾土 力不喝 書 司瓦喝

非_{ㄈㄟ}常_{ㄔㄤ}樂_{ㄌㄜ}意_ㄧ。

> **Avec plaisir.**
>
> 阿外克 皮累茲喝

祝_{ㄓㄨ}您_{ㄋㄧㄣ}生_{ㄕㄥ}日_ㄖ快_{ㄎㄨㄞ}樂_{ㄌㄜ}！

> **Bon anniversaire.**
>
> 本阿尼外喝賽喝

第六篇

娛ㄩˊ樂ㄌㄜˋ

漫步街頭（一）

MP3-34

中文	法文 & 中文拼音
銀行	**banque** 班克
學校	**école** 愛高子
公園	**parc** 巴喝克
飯店	**hôtel** 歐坦子
郵局	**poste** 包司特

中文	法文 & 中文拼音
醫院	**hôpital** 歐必他子
公共電話	**cabine téléphonique** 咖比呢 代盧否尼克
咖啡店	**Café** 咖非
餐廳	**restaurant** 黑司刀航
超市	**supermarché** 序拜喝馬喝司
車站	**station** 司他司用

中文	法文 & 中文拼音

網路咖啡店
(ㄨㄤˇㄌㄨˋㄎㄚㄈㄟㄉㄧㄢˋ)

Internet Café
艾坦喝呢 咖非

廁所
(ㄘㄜˋㄙㄨㄛˇ)

toilettes
特阿來特

停車場
(ㄊㄧㄥˊㄔㄜㄔㄤˇ)

parking
巴喝給呢

糕點店
(ㄍㄠㄉㄧㄢˇㄉㄧㄢˋ)

patisserie
巴梯司黑

廣場
(ㄍㄨㄤˇㄔㄤˇ)

place
皮拉司

這幾句最好用

計程車招呼站在哪裡？

Où est la station des taxis?

屋 淚 拉 司答司用低 答克席

請右轉。

Prenez à droite.

波蛾內 阿 的喝瓦特

請停這裡。

Arrêtez-vous ici,s'il vous plaît.

阿蛾代 - 吳 衣席 席了 吳 皮來

中文	法文 & 中文拼音
城鎮	**ville** 飛了
道路	**route** 喝特
河川	**fleuve** 夫樂喝
橋	**pont** 碰
高塔	**tour** 肚喝

中文	法文 & 中文拼音
宮殿	palais 巴累
城堡	château 薩刀
寺廟	temple 當皮子
教會	Eglise 愛哥力子
動物園	zoo 中
水族館	aquarium 阿克阿喝用母

中文	法文 & 中文拼音
山ㄕㄢ	montagne 貓當涅
海ㄏㄞˇ	mer 曼喝
島ㄉㄠˇ嶼ㄩˇ	île 易喝
湖ㄏㄨˊ泊ㄅㄛˊ	lac 拉克
噴ㄆㄣ水ㄕㄨㄟˇ池ㄔˊ	fontaine 否坦呢

這幾句最好用

這輛公車往大聖堂嗎？

Est-ce que ce bus va à Notre-Dame?

艾 - 舒 戈 書 比司 瓦 阿 鬧土 - 大母

在哪裡買車票？

Où peut-on acheter des tickets?

屋泊特 - 歐 阿司代 低 弟丐

我要下車。

Je veux descendre.

日 古 得薩的喝 9

中文	法文 & 中文拼音
租用車	voiture de location 喝阿句喝 得 牢咖司用
水上巴士	Ferry 非力
巴士	autobus 歐刀比司
腳踏車	bicyclette 比席克來特
計程車	taxi 他克席

中文	法文 & 中文拼音
市ㄕˋ內ㄋㄟˋ電ㄉㄧㄢˋ車ㄔㄜ	tramway 土阿母晚
市ㄕˋ外ㄨㄞˋ電ㄉㄧㄢˋ車ㄔㄜ	train de banlieue 土艾 得 班子月
地ㄉㄧˋ下ㄒㄧㄚˋ鐵ㄊㄧㄝˇ	métro 盧妹土歐
地ㄉㄧˋ鐵ㄊㄧㄝˇ車ㄔㄜ站ㄓㄢˋ	station de métro 司當司用 得 妹土歐
車ㄔㄜ費ㄈㄟˋ	tarif 他黑夫
公ㄍㄨㄥ車ㄔㄜ站ㄓㄢˋ牌ㄆㄞˊ	arrêt de bus 阿累 得 比司

中文	法文 & 中文拼音
座位	**siège** 司艾子
車票	**billet** 比艾
市中心	**centre-ville** 薩土 - 喝飛了
單程票	**aller simple** 阿累 三皮子
來回票	**aller-retour** 阿累 - 娥肚喝

這幾句最好用

多少錢？

ça fait combien?

薩 吠 告不宴

這是找您的錢。

Voici votre monnaie.

瓦席 翁土 夢乃

不用找了。

Vous pouvez garder le reste.

吳 布呵瓦喝 咖喝得 累 累司特

MP3-37

中文	法文 & 中文拼音

這裡 ㄓㄜˋ ㄌㄧˇ

ici
衣席

那裡 ㄋㄚˋ ㄌㄧˇ

là-bas
拉 - 班

東 ㄉㄨㄥ

est
艾司特

西 ㄒㄧ

ouest
晚司特

南 ㄋㄢˊ

sud
序的

北
ㄅㄟ

nord
鬧喝

右
一ㄡ

droite
的喝阿特

左
ㄗㄨㄛ

gauche
共司

角落
ㄐ一ㄠ ㄌㄨㄛ

coin
克晚

直走
ㄓ ㄗㄡ

aller tout droit
阿盧 肚 都阿

左轉
ㄗㄨㄛ ㄓㄨㄢ

tourner à gauche
肚喝內 阿 共司

娛樂

中文	法文 & 中文拼音
右_{ㄧㄡ}轉_{ㄓㄨㄢ}	**tourner à droite** 肚喝內 阿 都阿
空_{ㄎㄨㄥ}車_{ㄔㄜ}	**libre** 力不喝
紅_{ㄏㄨㄥ}綠_{ㄌㄩ}燈_{ㄉㄥ}	**feu rauge** 夫 喝巫司
入_{ㄖㄨ}口_{ㄎㄡ}	**entrée** 阿土愛
出_{ㄔㄨ}口_{ㄎㄡ}	**sortie** 受喝梯

這幾句最好用

● 我（ㄨㄛˇ）想（ㄒㄧㄤˇ）買（ㄇㄞˇ）上（ㄕㄤˋ）衣（ㄧ）。

> **Je voudrais acheter une veste.**
>
> 日 吳的累 阿司代 尤 外司特

● 大（ㄉㄚˋ）了（ㄌㄜˋ）一（ㄧ）點（ㄉㄧㄢˇ）。

> **C'est un peu grand.**
>
> 誰 安 泊 哥蘭

● 剛（ㄍㄤ）剛（ㄍㄤ）好（ㄏㄠˇ）。

> **Cela me va très bien!**
>
> 舒拉 母 瓦 特累 不宴

中文	法文 & 中文拼音

出_{ㄔㄨ}租_{ㄗㄨ}腳_{ㄐㄧㄠˇ}踏_{ㄊㄚˋ}車_{ㄔㄜ}

bicyclette de location
比席克來特 得 牢咖司用

運_{ㄩㄣˋ}動_{ㄉㄨㄥˋ}

sport
司包喝

網_{ㄨㄤˇ}球_{ㄑㄧㄡˊ}

tennis
代尼司

游_{ㄧㄡˊ}泳_{ㄩㄥˇ}

natation
那當司用

高_{ㄍㄠ}爾_{ㄦˇ}夫_{ㄈㄨ}球_{ㄑㄧㄡˊ}

golf
共喝夫

中文	法文 & 中文拼音
釣魚	pêche 拜司
旅行	voyage 喝阿羊子
滑雪	ski 司給
溜冰	patin à glace 巴坦 阿 哥拉司
帆船	bateau 班刀
遊艇	yacht 用特

中文	法文 & 中文拼音
騎ㄑㄧˊ馬ㄇㄚˇ	équitation 愛給當司用
爬ㄆㄚˊ山ㄕㄢ	alpinisme 阿子必尼司母
露ㄌㄨˋ營ㄧㄥˊ	camper 咖杯
浮ㄈㄨˊ潛ㄑㄧㄢˊ	plongée sous-marine 波牢瑞 書 - 馬累
跳ㄊㄧㄠˋ舞ㄨˇ	danse 當司

這幾句最好用

- 太_{ㄊㄞˋ}貴_{ㄍㄨㄟˋ}了_{ㄌㄜ}。

  C'est trop cher!

  誰 特好 賽喝

- 便_{ㄆㄧㄢˊ}宜_{ㄧˊ}一_ㄧ點_{ㄉㄧㄢˇ}吧_{ㄅㄚ}。

  Pouvez-vous me faire un prix?

  布維 - 吳 母 吠喝 安 皮黑

- 這_{ㄓㄜˋ}個_{ㄍㄜˋ}便_{ㄆㄧㄢˊ}宜_{ㄧˊ}。

  C'est bon marché.

  誰 本芒喝舒

MP3-39

中文	法文 & 中文拼音

騎ㄑㄧˊ腳ㄐㄧㄠˇ踏ㄊㄚˋ車ㄔㄜ

cyclisme
席克力司母

用ㄩㄥˋ具ㄐㄩˋ

instrument
艾司土魚馬

迪ㄉㄧˊ士ㄕˋ可ㄎㄜˇ舞ㄨˇ

disco
低司高

賭ㄉㄨˇ場ㄔㄤˇ

casino
咖茲鬧

溫ㄨㄣ泉ㄑㄩㄢˊ

station thermale
司當司用 坦喝馬喝

中文	法文 & 中文拼音
三溫暖	sauna 受那
比賽	match 馬七
電影	cinéma 席內馬
戲劇	théâtre 代良土
音樂會	concext musical 空賽兒 謬茲咖子
展覽會	exposition 艾克司包茲司用

演ᵎ唱ᵎᵍ會ᵍ

> concert
>
> 高三喝

管ᵍ弦ᵎ樂ᵍ

> orchestre
>
> 歐喝敢司土

芭ᵍ蕾ᵍ舞ᵍ

> ballet
>
> 班來

馬ᵍ戲ᵎ團ᵍ

> cirque
>
> 席喝克

木ᵍ偶ᵍ劇ᵍ

> spectacle de marionnette
>
> 司拜克當克子 得 馬喝用乃特

這幾句最好用

● 我要這個。

Je voudrais ceci.

日 吳的累 舒席

● 我買了。

Je le prends.

日 累 皮蘭的喝

● 我不要。

Je n'en veux pas.

日 那古 巴

中文	法文 & 中文拼音
歌ㄍㄜ劇ㄐㄩˋ	opéra 歐杯航
標ㄅㄧㄠ題ㄊㄧˊ， 題ㄊㄧˊ名ㄇㄧㄥˊ	titre 梯土
電ㄉㄧㄢˋ影ㄧㄥˇ院ㄩㄢˋ	cinéma 席內馬
入ㄖㄨˋ門ㄇㄣˊ票ㄆㄧㄠˋ	billet d'entrée 比艾 當土愛
對ㄉㄨㄟˋ號ㄏㄠˋ座ㄗㄨㄛˋ 位ㄨㄟˋ	place réservée 皮拉司 娥這喝維

中文	法文 & 中文拼音
白_{ㄅㄞˊ}天_{ㄊㄧㄢ}場_{ㄔㄤˇ}	matinée 馬弟內
晚_{ㄨㄢˇ}上_{ㄕㄤˋ}場_{ㄔㄤˇ}	soieée 司瓦黑
觀_{ㄍㄨㄢ}光_{ㄍㄨㄤ}	tourisme 肚黑司母
郊_{ㄐㄧㄠ}外_{ㄨㄞˋ}	banlieue 班子月
入_{ㄖㄨˋ}場_{ㄔㄤˇ}費_{ㄈㄟˋ}	tarif d'entrée 當黑夫 當土愛
古_{ㄍㄨˇ}蹟_{ㄐㄧ}	sites historiques 席特 衣司刀黑克

第八篇

娛樂

中文	法文 & 中文拼音

名ㄇㄧㄥˊ勝ㄕㄥˋ

endroits célèbres

阿的喝阿喝 司來不喝

節ㄐㄧㄝˊ慶ㄑㄧㄥˋ

fête

吠特

遊ㄧㄡˊ行ㄒㄧㄥˊ

défilé

得吠盧

雕ㄉㄧㄠ刻ㄎㄜˋ

sculpture

司久子句喝

這幾句最好用

請<ruby>結<rt>ㄐㄧㄝˊ</rt></ruby><ruby>帳<rt>ㄓㄤˋ</rt></ruby>。

L'addition,s'il vous plaît.

拉低司用，席 吳 波來

請<ruby>拿<rt>ㄋㄚˊ</rt></ruby><ruby>帳<rt>ㄓㄤˋ</rt></ruby><ruby>單<rt>ㄉㄢ</rt></ruby><ruby>來<rt>ㄌㄞˊ</rt></ruby>。

Peut-on avoir l'addition?

泊 - 刀 阿呵瓦喝 拉低司用

請<ruby>給<rt>ㄍㄟˇ</rt></ruby><ruby>我<rt>ㄨㄛˇ</rt></ruby><ruby>收<rt>ㄕㄡ</rt></ruby><ruby>據<rt>ㄐㄩ</rt></ruby>。

Donnez-moi un reçu, s'il vous plaît.

動內 - 母瓦 安 蛾序，席了 吳 皮來

中文	法文 & 中文拼音

香ㄒㄧㄤ謝ㄒㄧㄝ大ㄉㄚ道ㄉㄠ

Avenue des Champs-Elysées

阿喝女 得 薩 愛力月

大ㄉㄚ皇ㄏㄨㄤ宮ㄍㄨㄥ

Grand Palais

哥航 巴來喝

凱ㄎㄞ旋ㄒㄩㄢ門ㄇㄣ

Arc de Triomphe

良喝克 得 土衣用夫

羅ㄌㄨㄛ浮ㄈㄨ宮ㄍㄨㄥ

Musée du Louvre

謬月 得 羅浮宮

艾ㄞ菲ㄈㄟ爾ㄦ鐵ㄊㄧㄝ塔ㄊㄚ

La Tour Eiffel

拉 肚喝 艾菲爾

中文	法文 & 中文拼音
羅丹美術館	**Musée Rodin** 謬月 喝丹
雨果紀念館	**Maison de Victor Hugo** 曼中 得 未克刀 雨果
畢卡索美術館	**Musée Picasso** 謬月 - 畢卡索
萬神廟	**Panthéon** 巴代歐
盧森堡公園	**Jardin du Luxembourg** 江喝的 句 盧森堡
奧賽美術館	**Musée d'Orsay** 謬月 奧賽

中文	法文 & 中文拼音
巴士底ㄅㄚ ㄕˋ ㄉㄧˇ 歌劇院ㄍㄜ ㄐㄩˋ ㄩㄢˋ	**Opéra Bastille** 歐杯航 巴士底
貝西公園ㄅㄟˋ ㄒㄧ ㄍㄨㄥ ㄩㄢˊ	**Parc de Bercy** 巴喝克 得 貝西
凡森那ㄈㄢˊ ㄙㄣ ㄋㄚˋ 森林ㄙㄣ ㄌㄧㄣˊ	**Bois de Vincennes** 伯斯 得 凡森那
侯昂庭院ㄏㄡˊ ㄤˋ ㄊㄧㄥˊ ㄩㄢˋ	**Cour de Rohan** 固喝 得 侯昂

這幾句最好用

- 我ㄨㄛ˘餓ㄜˋ了ㄌㄜ。

  J'ai faim.

  皆 吠

- 要ㄧㄠˋ一ㄧ份ㄈㄣˋ炒ㄔㄠ˘飯ㄈㄢˋ。

  Un riz sauté,s'il vous plaît.

  安 黑少代，席了 吳 皮來

- 好ㄏㄠ˘吃ㄔ。

  C'est bon.

  誰 本

第七篇

動ㄉㄨㄥˋ植ㄓˊ物ㄨˋ及ㄐㄧˊ環ㄏㄨㄢˊ境ㄐㄧㄥˋ

中文	法文 & 中文拼音

動物ㄉㄨㄥˋㄨˋ	animal 阿尼馬喝
貓ㄇㄠ	chat 薩
老鼠ㄌㄠˇㄕㄨˇ	rat 航
狗ㄍㄡˇ	chien 司艾
牛ㄋㄧㄡˊ	boeuf 不巫夫

羊 一ㄤˊ

mouton
木洞

豬 ㄓㄨ

cochon
高受呢

獅ㄕ 子ㄗˇ

lion
力用

猴ㄏㄡˊ 子ㄗˇ

singe
三子

馬ㄇㄚˇ

cheval
司瓦子

蛇ㄕㄜˊ

serpent
三喝巴

第七篇 動植物及環境

魚	poisson 波阿受
老虎	tigre 梯哥喝
蒼蠅	mouche 木司
老鷹	aigle 艾哥子
蜜蜂	abeille 良邦易

這幾句最好用

在_{ㄗㄞ}左_{ㄗㄨㄛ}邊_{ㄅㄧㄢ}。

C'est à gauche.

誰特 阿 夠司

在_{ㄗㄞ}右_{ㄧㄡ}邊_{ㄅㄧㄢ}。

C'est à droite.

誰特 阿 的喝瓦特

在_{ㄗㄞ}前_{ㄑㄧㄢ}面_{ㄇㄧㄢ}。

C'est tout droit.

誰 杜 的喝瓦

中文	法文 & 中文拼音

植ˊ物ˋ

plante
波拉特

松ㄙㄨㄥ樹ㄕㄨˋ

pin
拜

梅ㄇㄟˊ

prunier
皮魯女愛

竹ㄓㄨˊ

bambou
班不

森ㄙㄣ林ㄌㄧㄣˊ

forêt
否累

果實
> fruit
> 夫流衣

花
> fleur
> 夫樂喝

玫瑰花
> rose
> 樓子

鬱金香
> tulipe
> 句力皮

向日葵
> tournesol
> 肚喝內受子

蘭花
> orchidée
> 歐喝給得

百合 ㄅㄞˇㄏㄜˊ
lis
力司

菊花 ㄐㄩˊㄏㄨㄚ
chrysanthème
克黑江坦母

仙人掌 ㄒㄧㄢㄖㄣˊㄓㄤˇ
cactus
咖克肚司

葉子 ㄧㄝˋㄗˇ
feuille
非易

花瓣 ㄏㄨㄚㄅㄢˋ
pétale
杯他兒

這幾句最好用

- 在對面。

C'est en face.

誰特 阿發司

- 在樓上。

C'est en haut.

誰特 阿歐

- 在正前方。

C'est tout droit.

誰特 杜 的喝瓦

中文	法文 & 中文拼音

晴ㄑㄧㄥˊ天ㄊㄧㄢ

> beau temps
>
> 包 當

陰ㄧㄣ天ㄊㄧㄢ

> ciel couvert
>
> 司艾子 固萬喝

雨ㄩˇ

> pluie
>
> 皮流衣

雪ㄒㄩㄝˇ

> neige
>
> 乃子

風ㄈㄥ

> vent
>
> 風

190

中文	法文 & 中文拼音
颱風_{ㄊㄞˊ ㄈㄥ}	**typhon** 梯風
暴風雨_{ㄅㄠˋ ㄈㄥ ㄩˇ}	**tempête** 當拜特
龍捲風_{ㄌㄨㄥˊ ㄐㄩㄢˇ ㄈㄥ}	**cyclone** 席克牢呢
打雷_{ㄉㄚˇ ㄌㄟˊ}	**tonner** 刀內喝
地震_{ㄉㄧˋ ㄓㄣˋ}	**tremblement de terre** 土良不盧馬 得 坦喝
氣溫_{ㄑㄧˋ ㄨㄣ}	**température** 當杯航句喝

第七篇

動植物及環境

191

中文	法文 & 中文拼音
彩ㄘㄞˇ虹ㄏㄨㄥˊ	**arc-en-ciel** 阿喝克 阿 司艾子
火ㄏㄨㄛˇ星ㄒㄧㄥ	**Mars** 馬喝司
木ㄇㄨˋ星ㄒㄧㄥ	**Jupiter** 銳必坦喝
土ㄊㄨˇ星ㄒㄧㄥ	**Saturne** 薩句喝呢
宇ㄩˇ宙ㄓㄡˋ	**cosmos** 高司貓司

這幾句最好用

- 我ㄨㄛˇ迷ㄇㄧˊ路ㄌㄨˋ了ㄌㄜ。

  Je suis perdu.

  日 司哇 拜喝句

- 我ㄨㄛˇ迷ㄇㄧˊ路ㄌㄨˋ了ㄌㄜ。

  Je me suis égaré(e).

  日 母 司哇 愛咖蛾

- 您ㄋㄧㄣˊ需ㄒㄩ要ㄧㄠˋ幫ㄅㄤ忙ㄇㄤˊ嗎ㄇㄚ？

  Je peux vous aider?

  日 泊 吳 愛得

4 十二ㄦ二ㄦ星ㄒㄧㄥ座ㄗㄨㄛ

MP3-45

中文	法文 & 中文拼音
星ㄒㄧㄥ星ㄒㄧㄥ	étoile 愛特阿子
牡ㄇㄨ羊ㄧㄤ座ㄗㄨㄛ	Bélier 伯力宴
金ㄐㄧㄣ牛ㄋㄧㄡ座ㄗㄨㄛ	Taureau 刀樓
雙ㄕㄨㄤ子ㄗ座ㄗㄨㄛ	Gémeaux 瑞貓
蟹ㄒㄧㄝ座ㄗㄨㄛ	Cancer 咖三喝

中文	法文 & 中文拼音
獅ㄕ子ㄗˇ座ㄗㄨㄛˋ	**Lion** 力用
處ㄔㄨˇ女ㄋㄩˇ座ㄗㄨㄛˋ	**Vierge** 非艾喝子
天ㄊㄧㄢ秤ㄔㄥˋ座ㄗㄨㄛˋ	**Balance** 班龍司
蠍ㄒㄧㄝ座ㄗㄨㄛˋ	**Scorpion** 司高喝皮用
射ㄕㄜˋ手ㄕㄡˇ座ㄗㄨㄛˋ	**Sagittaire** 薩茲坦喝
山ㄕㄢ羊ㄧㄤˊ座ㄗㄨㄛˋ	**Capricorne** 咖皮黑高喝呢

中文	法文 & 中文拼音
水瓶座	**Verseau** 盧萬喝受
魚座	**Poissons** 皮阿受
太陽	**soleil** 受來易
月亮	**lune** 子由
地球	**Terre** 坦喝

這幾句最好用

- 我(ㄨㄛˇ)去(ㄑㄩˋ)大(ㄉㄚˋ)使(ㄕˇ)館(ㄍㄨㄢˇ)。

  Je vais à l'Ambassade.

  日 外司 阿 阿巴薩的

- 我(ㄨㄛˇ)去(ㄑㄩˋ)火(ㄏㄨㄛˇ)車(ㄔㄜ)站(ㄓㄢˋ)。

  Je vais à la gare.

  日 外司 阿 拉 咖喝

- 我(ㄨㄛˇ)去(ㄑㄩˋ)巴(ㄅㄚ)黎(ㄌㄧˊ)。

  Je vais à Paris.

  日 外司 阿 巴黎

中文	法文 & 中文拼音

談戀愛

tomber amoureux
刀伯 - 阿木喝責

相愛

s'aimer
薩妹

愛上

aimer
愛妹

朋友

copain
高班

吵架

se disputer
司 低司撲代

約會
rendez-vous
航得 吾

和好
se réconcilier
司 娥高席力宴

離婚
divorcer
低旺喝司

外遇
une relation hors mariage
由 娥拉司用 歐喝 馬喝羊子

分手
séparer
司巴娥

外遇對象
adultère
阿句子坦喝

第七篇
動植物及環境

中文	法文 & 中文拼音
談得來	**accord tacite** 阿高喝 他席特
結婚	**se marier** 司 馬喝宴
生子	**enfanter** 阿發代
情婦	**maîtresse** 曼土艾司
同居	**concubinage** 高久比那子

這幾句最好用

我ㄨㄛˇ同ㄊㄨㄥˊ意ㄧˋ您ㄋㄧㄣˊ的ㄉㄜ˙看ㄎㄢˋ法ㄈㄚˇ。

Je suis d'accord avec vous.

日 司哇 大告喝 阿外克 吳

這ㄓㄜˋ是ㄕˋ個ㄍㄜˋ好ㄏㄠˇ主ㄓㄨˇ意ㄧˋ。

C'est une bonne idée.

誰 尤 本呢 衣得

我ㄨㄛˇ同ㄊㄨㄥˊ意ㄧˋ。

Je suis d'accord.

日 司哇 大告喝

第八篇

發生意外
ㄈㄚ ㄕㄥ ㄧˋ ㄨㄞˋ

中文	法文 & 中文拼音

警ˇ察ˊ

> police
> 包力司

大ˋ使ˇ館ˇ

> l'ambassade
> 歐恩班薩的

領ˇ事ˋ館ˇ

> consulat
> 高序拉

小ˇ偷ˉ

> voleur
> 旺子屋喝

扒ˊ手ˇ

> pickpocket
> 必克包敢特

中文	法文 & 中文拼音
錢包ㄑㄧㄢˊㄅㄠ	**portefeuille** 包喝代非易
交通事故ㄐㄧㄠㄊㄨㄥㄕˋㄍㄨˋ	**accident de voiture** 良克席當 得 喝阿句喝
救命啊ㄐㄧㄡˋㄇㄧㄥˋㄚ！	**Au secours!** 歐 司固喝
住手ㄓㄨˋㄕㄡˇ！	**Arrête!** 阿娥代
捉住他ㄓㄨㄛㄓㄨˋㄊㄚ！	**Attrapez-le!** 阿他杯 乳
丟了ㄉㄧㄡ ㄌㄜ	**perdu** 拜喝句

中文	法文 & 中文拼音
被偷了	volé 旺累
護照	passeport 巴司包喝
現金	espèces 艾司拜司
旅行支票	chèque de voyage 三克 得 喝阿羊子
信用卡	carte de crédit 咖喝特 的斯 克娥低

這幾句最好用

● 發生事故了。

> J'ai eu un accident.

> 皆 由 安 阿克席洞

● 我被撞了。

> J'ai eu une collision.

> 皆 由 尤 告力子用

● 請幫我叫救護車。

> S'il vous plaît,appelez une ambulance.

> 席了 吳 皮來 , 阿皮累 尤 阿比龍

中文	法文 & 中文拼音

醫-院ㄩㄢˋ

hôpital
歐必他兒

救ㄐㄧㄡˋ護ㄏㄨˋ車ㄔㄜ

ambulance
良比龍司

緊ㄐㄧㄣˇ急ㄐㄧˊ

urgence
魚喝江司

齒ㄔˇ科ㄎㄜ

clinique dentaire
克力尼克 當坦喝

眼ㄧㄢˇ科ㄎㄜ

ophthalmologie
歐夫當子貓牢茲

中文	法文 & 中文拼音
外科	chirurgie 席魯喝茲
內科	médecine des maladies internes 曼的席呢 的 馬拉低 艾坦喝呢
婦產科	gynécologie 茲內高牢哥
耳鼻科	oto-rhino-laryngologiste 歐刀 黑鬧 拉累共牢茲司特
醫生	médecin 曼的三
護士	infirmière 艾吷喝母艾喝

中文	法文 & 中文拼音
住院	**hospitalisation** 歐司必當力江司用
處方箋	**ordonnance** 歐喝動那司
打針	**faire une piqûre** 吠喝 由 必久喝
診斷	**diagnostic** 的羊哥鬧司梯克
診斷書	**certificat médical** 喝三喝梯吠咖 妹低咖喝

這幾句最好用

我ㄨㄛ要ㄧㄠ看ㄎㄢ醫ㄧ生ㄕㄥ。

Je veux voir un médecin.

日 古 呵瓦喝 安 麥的賽

麻ㄇㄚ煩ㄈㄢ請ㄑㄧㄥ快ㄎㄨㄞ一ㄧ點ㄉㄧㄢ。

Un peu plus vite,s'il vous plaît.

安 泊 皮綠 未特，席了 吳 皮來

我ㄨㄛ這ㄓㄜ裡ㄌㄧ痛ㄊㄨㄥ。

J'ai mal là.

皆 芒了 拉

3 疼痛及藥品

中文	法文 & 中文拼音
肚子痛	mal au ventre 馬喝 歐 王土
想吐	nausée 鬧月
發癢	démangeaison 得馬這中
割傷	coupure 固撲喝
便秘	constipation 高司梯巴司用

中文	法文 & 中文拼音
腹瀉	**diarrhée** 的羊娥
頭暈	**vertige** 萬喝梯子
頭痛	**avoir mal à la tête** 阿喝阿喝 馬子 良 拉 坦特
淤傷	**contusion** 高句子用
生理痛	**douleur menstruelle** 肚樂喝 馬司土耶喝
牙痛	**avoir mal aux dents** 良喝阿喝 馬子 歐 當

中文	法文 & 中文拼音

喉嚨痛

avoir mal à la gorge

阿喝阿喝 馬子 阿 拉 共喝子

身體不舒服

se sentir mal

司 薩梯喝 馬喝

發冷

avoir froid

阿喝阿喝 夫喝阿

倦怠

se sentir mou

司 薩梯喝 木

發麻

être engourdi

艾土 阿固喝低

這幾句最好用

我ㄨㄛˇ想ㄒㄧㄤˇ吐ㄊㄨˋ。

> **J'ai la nausée.**
>
> 皆 拉 鬧才

我ㄨㄛˇ頭ㄊㄡˊ痛ㄊㄨㄥˋ。

> **J'ai mal à la tête.**
>
> 皆 芒了 阿 拉 代特

我ㄨㄛˇ感ㄍㄢˇ冒ㄇㄠˋ了ㄌㄜ。

> **Je me suis enrhumé.**
>
> 日 母 司哇 阿魯妹

MP3-50

中文	法文 & 中文拼音

消化不良
indigestion
艾低這司特用

咳嗽
toux
肚

打噴嚏
éternuement
愛坦喝女馬

鼻涕
avoir le nez qui coule
阿福阿喝 盧 內 給 固子

失眠症
insomnie
艾受母尼

中文	法文 & 中文拼音
骨折	**fracture** 夫航克句喝
高血壓	**hypertension** 衣拜喝當司用
低血壓	**hypotension** 衣包當司用
過敏症	**allergie** 阿來喝茲
旅行保險	**assurance de voyage** 阿序航司 得 喝阿羊子
藥局	**pharmacie** 發喝馬席

中文	法文 & 中文拼音
藥 一ㄠˋ	**médicament** 妹低咖馬
感_{ㄍㄢˇ}冒_{ㄇㄠˋ}藥_{一ㄠˋ}	**médicament contre le rhume** 妹低咖馬 高土 盧 魯母
阿_ㄚ斯_ㄙ匹_{ㄆ一ˇ}林_{ㄌ一ㄣˊ}	**aspirine** 阿司必黑呢
止_{ㄓˇ}痛_{ㄊㄨㄥˋ}藥_{一ㄠˋ}	**médicament contre la douleur** 妹低咖馬 高土 拉 肚樂喝
溫_{ㄨㄣ}度_{ㄉㄨˋ}計_{ㄐ一ˋ}	**thermomètre** 坦喝貓曼土

這幾句最好用

我ㄨㄛ瀉ㄒㄧㄝ肚ㄉㄨ子ㄗ。

J'ai la diarrhée.

皆 拉 的押蛾

我ㄨㄛ肚ㄉㄨ子ㄗ痛ㄊㄥ。

J'ai mal au ventre.

皆 芒了 歐 瓦土

可ㄎㄜ以ㄧ繼ㄐㄧ續ㄒㄩ旅ㄌㄩ行ㄒㄧㄥ嗎ㄇㄚ？

Est-ce que je peux continuer mon voyage?

耶 - 書 戈 日 泊 告弟妞愛 夢 呵瓦押子

法語系列：14

用中文學法語單字

....

作者／哈福編輯部
出版者／哈福企業有限公司
地址／新北市中和區景新街 347 號 11 樓之 6
電話／(02) 2945-6285　傳真／(02) 2945-6986
郵政劃撥／31598840　戶名／哈福企業有限公司
出版日期／2017 年 1 月
定價／NT$ 249 元（附 MP3）

....

全球華文國際市場總代理／采舍國際有限公司
地址／新北市中和區中山路 2 段 366 巷 10 號 3 樓
電話／(02) 8245-8786　傳真／(02) 8245-8718
網址／www.silkbook.com　新絲路華文網

....

香港澳門總經銷／和平圖書有限公司
地址／香港柴灣嘉業街 12 號百樂門大廈 17 樓
電話／(852) 2804-6687　傳真／(852) 2804-6409
定價／港幣 83 元（附 MP3）

....

視覺指導／Wan Wan
封面設計／Vi Vi
內文排版／Jo Jo
email／haanet68@Gmail.com

....

郵撥打九折，郵撥未滿 500 元，酌收 1 成運費，
滿 500 元以上者免運費

國家圖書館出版品預行編目資料

用中文學法語單字 / 哈福編輯部編著. -- 新北市：哈福企
業, 2017.1
　面；　公分. --（法語系列；14）
ISBN 978-986-5616-72-4(平裝附光碟片)

1.法語 2.詞彙

804.52